Inke Hummel - Franziska Karagür

Der Mönkel und der Flüsterstein

1. Auflage März 2022

Lektorat: Ulrike Abraham

ISBN: 978-3-98226-431-8

Verlag:
edition claus
Zum Lindenhof 9
09212 Limbach-Oberfrohna
Deutschland
www.claus-verlag.de
www.edition-claus.de
www.facebook.com/buechermittragweite
www.instagram.com/editionclaus/
twitter.com/clausverlag

Druck:
DZA Druckerei zu Altenburg GmbH
Gutenbergstraße 1
04600 Altenburg

In der „Mönkel"-Reihe sind bereits erschienen:

- „Der Mönkel und der geheimnisvolle Turm", 2. Auflage von 2021, ISBN: 978-3-98188-837-9, 14 Euro
- „Der Mönkel und der Trillfox im Moor", 1. Auflage von 2020, ISBN: 978-3-98188-839-3, 14 Euro
- „Mein Mönkel Mitmachbuch", 1. Auflage von 2022, ISBN: 978-3-98226-437-0, 14 Euro

Inke Hummel - Franziska Karagür

Der Mönkel

und der Flüsterstein

VOM SUCHEN UND FINDEN

Wenn man nur ganz genau hinschaut,
findet sich überall ein kleiner Schatz.

Inhalt

WER IST DER MÖNKEL?

Der Mönkel ist eigentlich ein ganz normales Kind. So mit einem ganz normalen Namen. Er wohnt in einem Haus, wie es viele andere gibt, in einer Siedlung am Rande eines Städtchens, wie sie so oder ähnlich wohl überall zu finden sind. Er trägt, was sicherlich alle Kinder am Ende der Grundschulzeit am liebsten tragen: ausgelatschte Turnschuhe, schmuddelige Jeans und ein ausgeleiertes Lieblings-T-Shirt. Und doch hat der Mönkel etwas ganz Besonderes: seine Mama, die immer sonntags bei gemeinsamen Spaziergängen – oder wie es in ihrer Agentensprache heißt: Missionen! – zu Dr. Pröll wird.

EIN STEIN GRÄBT SICH EIN LOCH

Hmmmmmm, was duftet da so gut? Ich sitze an meinem kleinen Schreibtisch und muss noch eine Hausaufgabe für Sachkunde machen. Gehören Joghurtdeckel jetzt in die graue oder die gelbe Tonne? Wo bekommt Herr Meiermüllerdingsbums neue gelbe Säcke her, wenn seine Tonne voll ist? Und wie schreibt man dieses schwierige Wort „Rie-tzei-klink“ richtig? Ich hatte schon Mittwoch keine Lust auf diese Hausaufgabe, darum sitze ich nun Sonntagmittag daran. Aber sie ist immer noch doof. Und jetzt kann ich mich überhaupt nicht mehr darauf konzentrieren – meine Nase hat einfach gar keine Lust mehr: WAS RIECHT DA SO GUT?

Ich lasse Heft und Stift liegen und folge dem Geruch. Er führt mich natürlich in die Küche. Da steht Mama mit ihrer blumigen Küchenschürze und holt gerade vier Baguettebrote aus dem Ofen. Sie legt sie zum Auskühlen auf ein Kuchengitter. Die Brote sehen besser aus als die auf den Werbeplakaten unseres Bäckers im Supermarkt. Und sie riechen so, dass ich echt überlegen muss, ob ich daran lecken, hineinbeißen oder mich einfach dazwischenlegen mag.

„Mönkelchen!“, ruft Mama, „schön, dass du kommst. Hast du Sachkunde fertig? Dann können wir gleich ein bisschen vom Baguette essen, wenn es ausgekühlt ist. Papa hat so einen leckeren Teig gemacht: mit Walnüssen und Aprikosen drin!“

Ich schaue sie mit schiefem Mund an: „Naja… ‚fertig' trifft es nicht so ganz. Aber niemand kann sich konzentrieren bei diesem Duft!"

Sie lächelt und macht einen Vorschlag, während sie die Schürze aufknotet und an ihren Haken im Wandschrank hängt: „Hm, wir könnten ja eine Hirndurchlüftungs-pause machen und ein bisschen rausge-hen? Danach kannst du bestimmt wieder besser denken, und die Baguettes können abkühlen."

Das klingt perfekt! Obwohl ich am liebsten gar nicht mehr zurück an den Schreibtisch möchte. Mein Kopf singt nur noch Müll-tonnen-Rapsongs und wünscht sich lila-weiß gestreifte Tonnen, am besten dreieckig, damit das Thema spannender wird. Also sage ich „Au ja!" zu Mama, und direkt danach fällt mir ein, dass es eh höchste Zeit ist für einen neuen Agenten-auftrag. Denn wir machen doch jeden Sonntag einen Ausflug und überlegen uns einen Fall, den wir als Mönkel und Dr. Pröll zu lösen haben! Ich liebe das so. Da ist die doofe Hausaufgabe gleich vergessen.

Also springe ich in meine Rolle und spreche Mama als meine Assistentin an: „Dr. Pröll, was gibt es denn Neues aus London? Haben wir nicht ohnehin einen Auftrag?“

Mama geht mit mir in den Flur, Schuhe suchen, macht ein grübelndes „Hmmm?!“ und löst die Haare aus dem Zopf, den sie sich zum Backen gebunden hatte. Als ich mich auf das kleine Schuhregal setze, um meine Turnschuhe zu binden, steigt Mama in ihre flachen Stiefel und man sieht, dass sie immer noch grübelt. Dann bekommt sie nämlich immer drei tiefe Falten quer über die Stirn, als wäre sie schon 127 Jahre alt.

Plötzlich entspannt sich ihre Haut und sie strahlt mich an: „Mönkel, ja, natürlich gibt es einen Auftrag. Aber es ist wirklich, wirklich kompliziert! Denn niemand hat uns gesagt, WO wir suchen müssen, nur WAS!“

Ich stehe auf, stemme die Hände in meine Hüfte und meckere, wobei ich Mama-Prölls Assistentinnen-Spitznamen verwende: „Doc, jetzt sagen Sie es schon!!“

„We have to find Shadow Slime!“, entgegnet sie auf Englisch, denn so sind unsere Aufträge aus London natürlich immer formuliert.

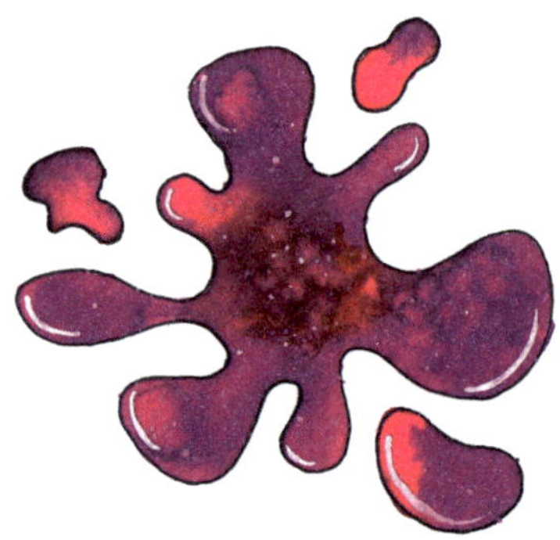

Oh. Ich stutze. Das klingt ja cool. Ich springe ganz in meine Mönkelrolle: „HÄ??“

„WE HAVE TO FIND SHADOW SLIME!“, brüllt Mama mich nun an und reagiert damit auf meine Mönkelschwerhörigkeit, die ich mir immer sonntags gönne, um mal nicht so sehr auf alles hören zu müssen.

„Shadow Slime?“, frage ich nun zurück, „wofür braucht London den denn?“

„Das haben sie nicht gesagt. Es ist ein Regierungsgeheimnis erster Klasse!“, erzählt Dr. Pröll weiter. Sie geht nochmal kurz in die Küche und kommt mit einem Rucksack zurück: „Ich würde sagen, wir ziehen einfach los und schauen, was wir entdecken.“

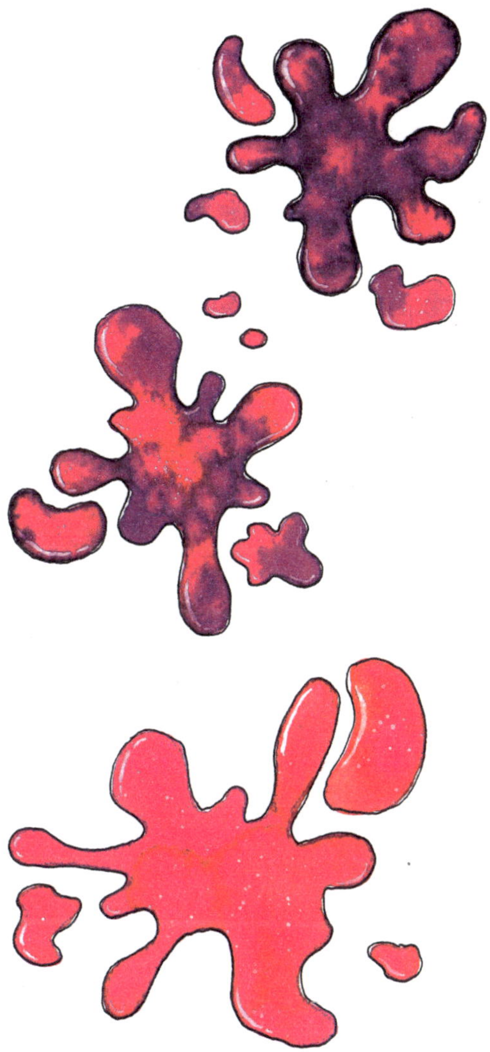

Sie nimmt meine Hand und wir verlassen das Haus. Sonntags als Agent nehme ich immer gerne Mamas Hand. Das fühlt sich gut an. In der Stadt oder bei der Schule fühlt sich das schon seit einiger Zeit nicht mehr so gut an, aber Mama merkt das immer rechtzeitig und lässt mich dort los.

Vorm Haus fragt sie wie immer: „Bergauf oder bergab, Mönkel?“

Ich schnuppere mit krauser Nase, bohre den Finger hoch in die Luft und drehe mich dann nach links, wo es den Berg hinauf geht: „This way!“ Manchmal spreche ich auch ein bisschen Englisch. Ich kann nicht so viel, da ich ja noch zur Grundschule gehe, aber Dr. Pröll versteht mich immer, auch wenn ich mal „Kätänschen regnischn broadywei“ oder sowas sage, was eigentlich nur mein Quatsch-Englisch ist.

Hand in Hand gehen wir den Berg hoch. An der nächsten Kurve fragt sie: „Left or right?“ Links oder rechts, ha, das verstehe ich auch schon. Und ich wähle rechts: noch weiter den Berg hinauf durch die engen Straßen unseres Örtchens, das wir sonntags Schnördeby nennen.

Einige Meter weiter ist kein Durchkommen auf dem Bürgersteig: Bauarbeiter haben ein tiefes Loch gegraben, es mit Zäunen abgesichert und sind nun am Sonntag natürlich nicht zu sehen. Neugierig bleiben wir stehen und schauen hinunter. Ich liebe solche Löcher. Man sieht, wie der Asphalt aufgebrochen wurde. Darunter kommen Dreck und Lehm und Sand, und dann sind da noch Rohre und Kabel, und ich wäre am liebsten ein Maulwurf. Dann könnte ich da überall mal reinschauen und durchkriechen und gucken, wo alles hinführt. Ich könnte das Telefonkabel von Frau Brümmer durchbeißen, denn die telefoniert den halben Tag am offenen Fenster und ist dabei lauter als der Glockenturm unserer Kirche. Ich könnte durch das Abwasserrohr von Familie Jördes in ihr Haus kriechen und Frau Jördes in der Dusche erschrecken. Wobei ich dazu vielleicht besser eine Spinne wäre. Und eigentlich möchte ich Frau Jördes auch gar nicht nackig sehen.

Aber ich könnte da unten eben eine vollkommen neue Welt entdecken, stelle ich mir vor! Obwohl mein großer Bruder immer sagt, Abwasserrohre seien ja voller Seifenschaum und Klopapier und so, weswegen Ratten da drin nicht wirklich ein schönes Leben haben. Die riechen dann nach einer Mischung aus Frau Jördes’ Blumenshampoo, Mamas Waldluftwaschmittel und meinem Pipi. Die Armen!

Inzwischen gibt's allerdings einige Ratten in den Gärten hier im Ort. Vielleicht haben sie das auch endlich verstanden und sind alle aus der Kanalisation ausgezogen.

Mama hat angefangen, kleine Kieselsteine vom Rand mit dem Fuß unter dem Zaun hindurch ins Baustellenloch zu kicken. „Warum machen Sie das, Doc?", frage ich.

„Man weiß ja nie", antwortet Mama-Pröll, „vielleicht gibt der Aufprall eines Steinchens plötzlich ein komisches Geräusch und dann merkt man, dass da unten etwas Besonderes ist."

Hm. Ich kicke mit, aber die Steinchen plumpsen eher leise in den Sand.
TOCK. Oh! Das war ein anderes Geräusch. Mama und ich beugen uns über den Zaun, um nachzusehen. Einer unserer Kiesel ist gegen einen großen hellbraunen Stein getockt, der in einer Kuhle unterhalb eines blauen Rohres liegt. Der Stein ist etwa so groß wie meine Faust, sieht ein bisschen kartoffelig aus, ziemlich rund und schön. Irgendwie sogar perfekt.

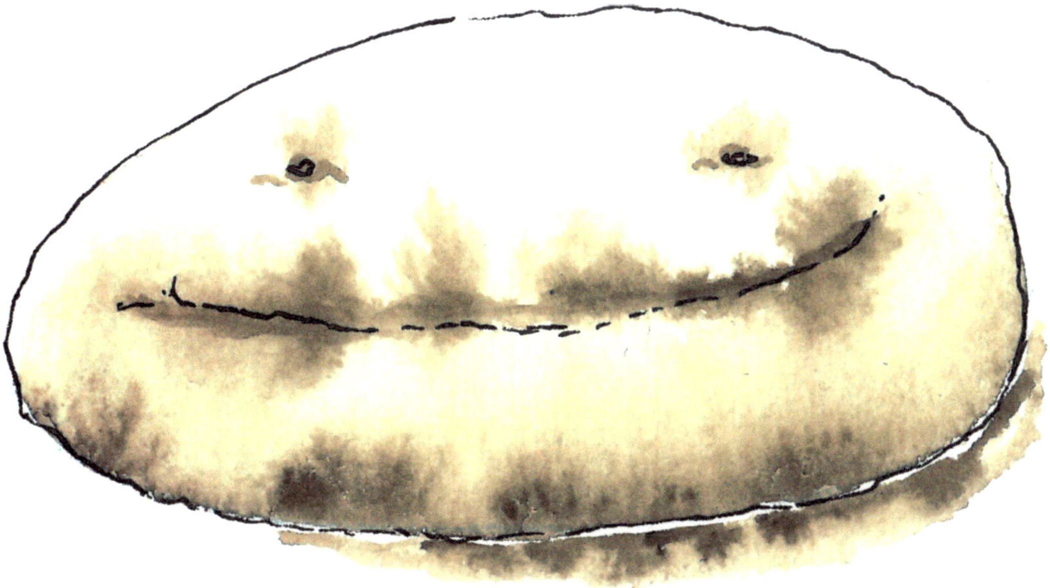

„Den muss ich haben!“, rufe ich und beginne, durch das Zäunchen zu steigen. Mama hält mich fest: „Bleib mal hier. Der Zaun ist doch nicht umsonst da!“

Ich halte still und schaue zu ihr: „Den Stein, Dr. Pröll! Der ist wunderwunderschön!“ Ich zeige auf den hellbraunen Stein: „Schau nur: Er ist fast eine Kugel! Das gibt es quasi niemals jemals! Und wie schön er sich da unten diese Kuhle gebuddelt hat. Er ist ein besonderer Stein!“

Mama versteht und lächelt. Oma würde sagen, dass das Klettern in ein Baustellenloch ganz schön gefährlicher Quatsch ist. Aber Mama ist ja dabei und kann mich zur Not retten. Sie lässt mich los und gibt mir Ratschläge, wo ich hintreten kann (fester Lehm!) und wo lieber nicht (dünne Röhrchen! Kabel!). So gelange ich zu der Kuhle, sammle den Stein heraus und schaue ihn mir genau an. Er ist kühl und glatt, passt exakt in meine Hand und hat einen kleinen Riss, der aussieht wie ein Grinsen.

„Komm wieder raus, Mönkelchen!“ sagt Mama und streckt mir eine Hand entgegen, um mir hoch zu helfen, „Du kannst ihn doch mitnehmen.“

Ich schalte um auf die Agentenstory, und mir fällt wieder die Taubheit vom Superagenten Mönkel ein: „HÄ?“, brülle ich und halte meine Hand an die Ohrmuschel.

Mama steigt sofort darauf ein und erläutert genauer: „SIE MÜSSEN DA RAUS! Wirklich, Mr. Mönkel, ich denke, Sie sollten aus der Gefahrenzone klettern und das Fundstück mitbringen. Um Shadow Slime wird es sich vermutlich nicht handeln, aber vielleicht besteht er aus einem anderen wichtigen Material.“

Ich nehme meine Hand vom Ohr und klettere mit Mama-Prölls Hilfe zurück nach oben und durch den Zaun. Der Stein liegt fest in meiner Hand. Als ich wieder richtig auf zwei Füßen stehe, präsentiere ich ihn: „Schauen Sie, Doc: Er sieht nicht aus wie ein natürlicher Stein. Dafür ist er viel zu perfekt!“

Dr. Pröll bewundert ihn und streicht mit ihren Fingern über die Oberfläche: „Wow! Wirklich toll. Was denken Sie, Mönkel? Was ist das?“

Ich schaue den Stein nochmal genauer an. Plötzlich kommt mir eine Idee: „Ein perfekter Stein in einer perfekten Kuhle…“ Ich ziehe eine Augenbraue hoch und blicke wichtig zu Mama: „Doc, das ist ein lebendiges Wesen. Ganz sicher. Es hat das Loch gebuddelt, vielleicht sollte es ein Versteck werden. Und es hat auch einen Mund, schauen Sie!“ Ich zeige auf den Riss.

Auf einmal zuckt Mama-Pröll und legt in der nächsten Sekunde ihr Ohr an den Stein. Sie flüstert: „Oh Gott, Mönkel, Sie haben Recht. Er lebt! Und er spricht!!“ Mit einem Finger vor ihren Lippen bedeutet sie mir, leise zu sein. „Schhhht. Er sagt etwas!“

Mama lauscht. Ich lausche. Jetzt bin ich wirklich neugierig.

Mama richtet sich wieder auf, schaut mich ernst an und erklärt: „Er hat sich vorgestellt. Sein Name ist Ferdinand.“

DIE KIRSCHE MUSS DA REIN!

Ich blicke noch einmal genau auf Ferdinand, während Mama weitererzählt: „Er hat hier auf uns gewartet, um bei der Suche nach dem Shadow Slime zu helfen. Ferdinand ist ebenfalls ein Agent für London!"

Ah! Super. Ich bin zufrieden und werfe Ferdinand kurz in die Luft. Als ich ihn auffangen will, stolpere ich über das Fußteil eines Baustellenzäunchens und Ferdinand kullert ein Stück die Straße entlang. „Er will uns den Weg zeigen!", rufe ich, und wir eilen hinterher.

Ich kicke den Stein immer wieder ein Stückchen, sobald er liegen bleibt, und wir folgen ihm die Dorfstraße entlang. Auf einmal hält Mama-Pröll mich fest, so dass ich ihm nicht gleich hinterherrennen kann: „Vorsicht, Mönkel, zertreten Sie nicht die Kirschen!"

Richtig! Ferdinand ist inmitten einiger Kirschen gelandet, die schön bis matschig am Boden liegen. Vorsichtig nehme ich ihn mit der Hand auf und schaue dann nach oben: „Oh, Doc, sehen Sie!" Dr. Pröll schaut auch empor. Wir haben einen prallvollen Kirschbaum gefunden, und einige Äste reichen über den Zaun, hinter dem er steht, auf unsere Seite. Sie sind niedrig genug, sodass wir drankommen – und wir ernten los.

Ich stecke Ferdinand sicherheitshalber in meine Hosentasche. Dann wird gepflückt und gegessen. Und natürlich wird auch gespuckt. Oder was macht ihr mit Kirschkernen? Ich glaube ja, man darf die nicht einfach vorsichtig aus dem

Mund nehmen. Man muss die spucken! Möglichst weit.

Am liebsten esse ich Kirschen bei mir im Zimmer unterm Dach. Dann mache ich mein Fenster auf und spucke die Kerne runter in den Garten. Das macht so einen Spaß! Hm, das könnte auch gefährlich sein, meint ihr? Weil mein Fenster so weit oben ist? Ich habe einen Trick, den hat Opi mir verraten: Immer die Füße am Boden lassen! Wenn nämlich beide Füße am Boden sind, ist mein Fenster gar nicht so eine Gefahr. Mama hat's geprüft. Ich mache das super. Also darf ich offiziell Kirschkerne aus meinem Zimmerfenster in den Garten spucken. Ich muss nur gucken, dass keiner kommt. Einmal habe ich doch tatsächlich Kriechbaum auf den Kopf gespuckt! Erinnert ihr euch? Das ist die Katze von meinem Freund Caspar.

Kriechbaum hat es natürlich gemerkt und mit der Pfote über die Stelle gestrichen. Ich habe vor Schreck „OH!" gebrüllt, und sofort hat der Kater zu mir hochgeguckt. Aber wie... Das könnt ihr euch nicht vorstellen. So ein böser Blick, als hätte ich ihm den Schwanz verknotet oder Rosinen in sein Katzenfutter gemischt!!

Seither gucke ich besser, wo ich hinspucke.

Mama spuckt jetzt mit mir, und plötzlich kullert einer ihrer Kirschkerne auf der Straße bis zu einem runden Gulli mit Löchern ringsherum am Rand. Dort verschwindet er in einer der kleinen Öffnungen. Ich klatsche: „Dr. Pröll, das war eine Höchstleistung!“

Mama-Pröll verbeugt sich: „Danke, danke! Das habe ich 62 Tage lange trainiert, jeden Tag 17 Stunden!“ Ich grinse. Dann packt mich der Ehrgeiz: Ich will das auch schaffen!

Ein älterer Herr kommt vorbei. Ich kenne ihn nicht. Mama grüßt, er murmelt sowas wie „Derämtrrrgr“ und geht weiter. Entweder mag er unser Gespucke nicht oder wusste nicht so richtig, wie er fragen sollte, ob er mitmachen kann –

das hat Mama mir mal erklärt: Wenn ein Kind bei anderen mitspielen will, aber nicht weiß, wie es fragen soll, dann läuft das manchmal komisch und es fängt an zu schimpfen, zu treten oder zu schubsen. Wenn man das weiß, kann man dann einfach fragen, ob es mitspielen möchte. Aber meist versteht man das nicht und zankt zurück. Doof eigentlich. Also rufe ich dem Mann zu: „Wollen Sie auch?" Aber er dreht sich nicht mal um, sondern stiefelt davon. Ich zucke mit den Schultern.

Wir pflücken und kauen und schlucken und spucken um die Wette. Meist fliegen die Kirschsteinchen zu weit, manchmal landen sie vor dem Gulli und bleiben dort liegen, und ab und an kullern sie fast bis zu einem der Gullilöcher. Kuller, kuller, kuller – zack, hops, orrrr. Wieder daneben liegen geblieben. Erst beim ungefähr 27. Kirschkern, als mein Bauch schon langsam etwas zu kirschenvoll ist, trudelt der von mir gespuckte Kern elegant mit einer kleinen Kurve auf den Gullideckel und verschwindet unerwartet in einer der runden Öffnungen.

Mama und ich springen hoch, klatschen uns ab und jubeln verrückt laut, so als wäre endlich eine Marslandung mit Menschen geglückt. „GESCHAFFT!!!", freue ich mich und ergänze, „dann können wir ja jetzt aufhören zu essen."

Mama-Pröll grinst mich an: „Gott sei Dank! Mönkel, ich bin auch total satt."

„TOTAL PLATT?", stelle ich mich wieder taub, „aber wir haben noch ein ganzes Stück vor uns, Dr. Pröll. Vom Shadow Slime gab's noch keine einzige Spur!"
„TOTAL SATT!", wiederholt sie lauter, „allerdings haben Sie trotzdem Recht, Mönkel. Wir müssen jetzt endlich eine Spur vom Slime finden." Sie schaut sich um. Ich gucke mit. Auf der Fahrbahn: Kirschkerne, Kirschmatsche. Rechts von der

Straße ist ein Häuschen, links das Grundstück mit Zaun und Kirschbaum sowie vielen weiteren Bäumen und Sträuchern. Es liegt an einem sanften Hang und ist ziemlich zugewachsen, fast wie ein Wald, dabei ist es mitten in unserem Ort.
„Was ist das eigentlich für ein Garten, Dr. Pröll?", frage ich.

„Da hat mal eine große Familie gewohnt, mit ganz vielen Kindern. Man konnte das Haus sehen und den Hof davor, auf dem sie oft spielten. Das Haus liegt ein wenig zurück, denn das Grundstück ist echt groß. Es hat einen kleinen Turm, in dem das Treppenhaus ist, glaube ich", erklärt Mama Pröll.

„Aber wo sind die jetzt?", will ich wissen.

„Irgendwann sind sie weggezogen. Dann kamen ewig Leute, um das anzuschauen, aber es war wohl allen zu teuer. Seither steht es leer, und der Garten ist zu einem Wald geworden."

Ich schaue mir alles genauer an. Ein Haus sieht man wirklich überhaupt nicht mehr. Die Bäume sind hoch, unten wachsen rings um ihre Stämme Büsche und Moos. Opi würde „undurchdringlicher Urwald“ sagen, weil es fast wie ein Dschungel aussieht. Auf jeden Fall merkt man nicht mehr, dass es dort mal Menschen gab. Schön irgendwie.

Da fällt mir Ferdinand wieder ein. Ich ziehe ihn aus meiner Hosentasche und stupse Mama an: „Doc, ich glaube, Ferdinand hat einen Hinweis für uns.“ Ich halte mir den Stein ans Ohr. Und lausche. Nicke. Lausche. Mama guckt mich erst neugierig an, dann etwas ungeduldig; zwei von ihren drei tiefen Stirnfalten sind schon sichtbar.

Ich erlöse sie: „Doc, Ferdinand ist sich ganz sicher, dass Shadow Slime sich exakt auf diesem Grundstück befindet!“

Mamas Schultern sacken nach unten. Sie sieht nicht sehr glücklich aus: „In dem Dickicht? Mönkel, das kann doch nicht Ihr Ernst sein?! Da kommen wir doch gar nicht durch!“

„HÄ?“, frage ich, denn ich gebe niemals schnell auf!

Mama spielt noch mit: „MÖNKEL, ICH GLAUBE, IHR KOLLEGE IRRT SICH. WIR KOMMEN AUCH GAR NICHT AUF DAS GRUNDSTÜCK!“

Moooar, immer diese Bedenken der Erwachsenen. Ich drehe mich um und schaue mir den Zaun und den Kirschbaum und die anderen Bäume an. Ja, okay, es sieht wirklich sehr verzwickt aus. Ich gehe ein paar Schritte weiter am Zaun entlang. Er ist aus dicken silbernen Metallstreben gefertigt, zwischen denen nur ein schmales Tier hindurchpassen würde, und bestimmt zwei Meter hoch. Mama kommt wortlos hinterher. Ferdinand drehe ich in meiner Hand.

Wir kommen an die Grundstücksecke. Der Zaun geht weiter, aber biegt nach links ab. Ich will auch abbiegen, aber Mama Pröll hält mich fest: „Mönkel, Vorsicht!“ Sie flüstert nur noch: „Lassen Sie erst einmal Ferdinand schnuppern, ob die Luft rein ist!“

„Gute Idee!“ Ich nicke ihr zu, strecke meinen Arm aus, so dass meine Hand um die Zaunecke herumschauen könnte, wenn sie Augen hätte, und öffne meine Finger. Ferdinand liegt hell und strahlend auf meiner Handfläche und kann wunderbar um die Ecke spicken.

Nach einigen Sekunden ziehe ich ihn zurück und lausche wieder seiner Stimme. Dann wiederhole ich für Mama-Pröll laut: „Er sagt, wir können uns vorantrauen. Das ist genau der richtige Weg!“

DIE TREPPE INS DICKICHT

Dr. Pröll lächelt mich nun an und wir biegen endlich um die Zaunecke. Dort können wir nicht mehr direkt am Zaun entlanggehen, denn zwischen ihm und unserem Gehweg ist ein Grünstreifen mit Sträuchern und Bäumchen, der auch leicht steil nach oben geht. Der Zaun, das Wäldchen und das Haus, das sich dort irgendwo befinden muss, thronen richtig über uns an einem Hang.

Oh. Plötzlich rennen wir fast gegen Teile eines steinernen Torbogens. Der steht einfach so zwischen Zaun und Gehweg im Grünzeugs. Er ist nicht viel höher als ich. Da haben früher nur Kinder durchgepasst oder ganz, ganz kleine Erwachsene. Aber keine Pferdekutschen! Hundekütschchen vielleicht. Es war bestimmt nur ein Hinterausgang oder sowas. Dr. Pröll klopft gegen die uralten moosigen Steine. Es klingt dumpf. „Sieht so aus, als wäre hier mal eine schöne Mauer gewesen, bevor dieser Metallzaun kam“, sagt sie.

Wir untersuchen alles genauer. In dem leicht kaputten Torbogen steht eine alte, graue Mülltonne. Die benutzt vermutlich niemand mehr. Ich mache den Deckel auf. Es müffelt! Unten am Boden liegen uralte Werbeprospekte, zermatscht, feucht und rissig. Die gehören da aber nicht rein! Ha, das habe ich immerhin gelernt in Sachkunde. BLAUE TONNE!

Mama steckt ihre Nase auch in die Tonne, zieht sie zurück und ruft „Ihh, das stinkt aber!“ Schnell lasse ich den Deckel zuklappen, und da sehe ich es: Hinter der Mülltonne sind nicht einfach nur ein Baum und Erde mit Gebüsch; da sind kleine Steinstufen unter den Pflanzen, die den Hang hinaufführen bis zum Zaun.

„Ich geh mit Ferdinand mal hier hoch!", erkläre ich Mama-Pröll. Sie nickt und wartet. Der Stein und ich quetschen uns an der Tonne vorbei und tapsen die Stufen hinauf. Dabei muss ich auf Brennnesseln treten und bin froh über meine lange Hose. Und ich muss aufpassen, dass ich nicht wegrutsche, denn Steinstufen plus Moos ergibt Schlittschuhbahn – das weiß ja jeder.

Zehn, elf, zwölf kleine Stufen. Nun stehe ich am Zaun, direkt mit der Nase an einer Metallstrebe. Ich schiebe Ferdinand in meine Hosentasche und umklammere mit jeder Hand vorsichtig eine Strebe. Sie sind rechteckig, riechen komisch und fühlen sich eiskalt an.

Neben der Strebe, die ich mit der rechten Hand anfasse, ist viel weniger Platz zur nächsten als bei allen anderen Streben. Komisch.

„Haben Sie etwas entdeckt, Mönkel?“, fragt Dr. Pröll, noch immer unten neben der Mülltonne stehend, interessiert.

„Ich bin nicht sicher“, entgegne ich, „aber irgendwas stimmt hier nicht!“
Ich fühle und gucke und ziehe und drücke – und plötzlich bewegt sich der Zaun! Das Stückchen, das ich berührt hatte, ist ein Törchen, kaum zu unterscheiden vom Rest des Zaunes, aber es ist da und nicht verschlossen. Ich ziehe es auf, aber es lässt sich nicht weit öffnen. Und dahinter ist es auch nicht besonders einladend: Gestrüpp ohne Wege. Alles voll.

Ich überlege.

Wenn ich mich kleinmache, hier und da drunter durchkrieche, dort mal drübersteige, komme ich bestimmt ein Stück voran. Aber allein gehe ich da nicht rein!

Ich drehe mich um: „Mama, bitte, kommst du mit?“

Sie schaut mich an und macht ihre Grübelschnute und die Stirnfalten. Oma würde wieder von ganz schön gefährlichem Quatsch sprechen.

„BITTE!“ wiederhole ich.

„HÄ?“

Orrr, jetzt zankt Mama mich auch noch mit meinen eigenen Mitteln! Aber na gut, da spiele ich mit: „BITTEBITTEBITTEBITTE KOMM MIT MIR! ICH WILL DAS HAUS FINDEN, ABER NICHT ALLEIN!“

Und dann fällt mir ein, dass ich doch der Mönkel bin und hier die Befehle gebe: „Doc, Ferdinand hat es ganz klar gesagt: Wenn wir den Shadow Slime finden wollen, müssen wir auf dieses Grundstück und das Haus suchen. Uns bleibt keine andere Wahl! Und dieser Zugang hier ist perfekt!“

Dr. Pröll grinst: „Naja, perfekt?! Wir haben ja gar kein Buschmesser dabei!“ Da kann ich nur lachen: „Das schaffen wir auch so. Denken Sie doch mal an unseren Tag in der Normandie!“

Doc lacht jetzt und haut sich theatralisch beide Hände vor die Augen. Sie hat sicher die gleiche Erinnerung wie ich: In einem unserer Urlaube waren wir in Frankreich an der Küste. So eine richtig coole Steilküste gab es da. Aber auch Ebbe und Flut. Und die Flut kam rasend schnell! Als wir also einmal am Strand spazieren waren, wurde der Platz immer enger zwischen Meer und Felsen.

Irgendwann bekamen wir alle ein bisschen Angst und Mama und Papa haben beschlossen, dass wir besser hochklettern sollten. Mein großer Bruder machte natürlich den Anfang. Große Brüder sind ja immer ein bisschen stark und mutig und cool. Also das denken sie zumindest. Und benehmen sich dann so. Manchmal ist das echt anstrengend, aber da war es ganz gut. Er fand einen Weg, und wir kletterten hinterher: erst Papa, dann ich, dann Mama. Es ging gar nicht lange nach oben an den Steinen, aber dann noch lange geradeaus bis zum nächsten richtigen Weg – und zwar ausschließlich durch Dornenbüsche. Es gab nichts anderes! Unten war aber die Flut ganz bis an die Felsen gekommen, also gab es kein Zurück. Wir schauten alle die ganze Zeit, ob es vielleicht irgendeinen Trampelpfad gab oder wenigstens ein Stückchen, wo etwas anderes wuchs als Dornen – doch Fehlanzeige.

Mein großer Bruder mit seinen langen Beinen kam irgendwie zurecht, Papa hinter ihm auch: Sie tapsten wie zwei Clowns und zogen bei jedem Schritt die Knie bis zum Kinn hoch. Aber Mama und ich wurden immer langsamer. Keiner wartete auf uns, denn alle wollten nur raus aus dieser blöden Situation. Ich wollte das auch, aber es sah aus und fühlte sich so an, als würden die Dornen nie enden und immer schlimmer werden. Meine Beine bluteten längst, ich spürte Piekser im Stoff meiner Shorts und Tränen in meinem Gesicht.

Mama war ein Stück hinter mir und sah genauso aus, und ich glaube, sie hat auch geweint, aber wir haben uns nicht richtig angeguckt, nur gefühlt und alles doof gefunden und gehofft, dass wir schnell einen richtigen Weg finden.

Als wir ihn endlich erreichten, sprachen wir vier eine ganze Weile nicht und trotteten nur in die Richtung, in der unser Ferienhaus lag. Aber irgendwann streckte Mama die Hände aus und wir Brüder nahmen sie. Papa nahm meine andere Hand. Wie eine Menschenkette gingen wir weiter, und das tat unheimlich gut. Irgendwann kam uns ein Franzose entgegen, rauchte Zigarette und trug lumpige Kleidung. Als er an uns vorbei war, sagte mein Papa: „Was war denn das für einer?“ Und mein Bruder antwortete: „Also, das hat der sich bei uns bestimmt auch gefragt!“

Damit hatte er sicher recht. Wie wir aussahen! Hier und da Löcher in Hosen und Shirts, alle Beine kaputt und blutig, voller Schweiß und die traurigsten Gesichter, die man sich vorstellen konnte. Da haben wir endlich alle wieder gelacht!

Mama erinnert sich sicher auch gut und muss nun einsehen, dass das Gebüsch hier dreihundertzweiundzwanzigmal harmloser ist als das damals in Frankreich.

Sie geht um den kleinen, baufälligen Torbogen herum und kommt die Stufen zu mir herauf: „Na gut, los. Hier wohnt ja schon ewig niemand mehr.“ Gemeinsam drücken wir das Tor so weit auf wie möglich und pressen uns durch die Öffnung.

„Wo lang nun?“, frage ich. „Was denken Sie, Doc?“

Dr. Pröll schaut sich um: „Ich meine, das Haus muss in dieser Richtung liegen.“ Sie zeigt nach rechts und tastet sich dann voran. Gebückt, mit den Füßen immer von weit oben auf die Äste und Pflanzen tretend, geht es los. Wie Entenaffenschnecken watschelnd, kletternd, uns krümmend kommen wir voran. Es geht tatsächlich. Kaum Dornen, wenig Brennnesseln, absolute Stille. Ganz langsam. Wir entdecken Quitten, einen ollen Schuh und einen bemoosten Mini-Rasenmäher. Er steht da, als seien die Besitzer Hals über Kopf verschwunden.

Nach einer halben Ewigkeit wird es lichter und wir Entenaffenschnecken stehen tatsächlich an einer weißen Mauer. „Das muss die Rückwand sein!“, ruft Dr. Pröll begeistert und reicht mir eine Hand, um mir aus dem letzten Knotenbusch herauszuhelfen.

Ich krieche zu ihr und richte mich auf. WOW! Das Haus sieht toll aus. Ja, es ist ungepflegt und alt. Aber es ist dreckig-weiß mit dunklen Fensterchen und einem Türmchendach und überhaupt – wie ein kleines Schloss!

Ich nehme Mamas Hand und ziehe sie mit mir. Direkt an der Hauswand entlang kann man ganz gut vorankommen. Wir bleiben immer wieder stehen und schauen in Keller- und Erdgeschossfenster. Im Gebäude ist es eher dunkel. Man sieht viel schwarzes Holz und dunkle Fliesen. Möbel gibt es nicht mehr, nur hier und da mal ein Kabel oder einen Teppichrest. Viele Scheiben sind zersprungen oder fehlen ganz.

„So traurig!“, sagt Mama-Pröll, „das war mal wirklich ein wunderwunderschönes Haus, Mönkel!“

„Glaube ich“, versichere ich ihr, „wenn uns jemand das wieder schön macht und schenkt, würden wir sofort einziehen, oder?!“

Mama lacht: „Klar, sofort! Aber den Garten müssten noch zwei bis zehn Gärtner freischneiden.“

„Oder eine Herde Schafe frisst sich da hindurch…“, empfehle ich.

„…und hätte nach dem Fressen Schluckauf und Bauchweh“, lacht Mama.

„Dann würden sie nur noch Magentee haben wollen!", ergänze ich albern.

Wir malen uns aus, welche Tiere noch mitfressen könnten, was hier alles zu tun wäre, wo man eine Rutschbahn ans Haus anbauen könnte, welcher Erker die Küche sein könnte und wo ein Gartenteich hinmüsste. Dabei gehen wir weiter, bis wir vor der Haustür stehen. Sie ist aus dickem, dunklem Holz, an vielen Stellen zerkratzt und bemalt und hat nichts mehr von der Schönheit, die sicher mal da war. Das Wichtigste ist aber: Sie steht offen.

„Ui!", sage ich, „Doc, da hat es aber jemand gut mit uns gemeint. Wir können einfach reinspazieren!"

Oma ruft „GEFÄHRLICHER QUAAAATSCH!" in meinem Kopf und auch Mama zögert. „Sollen wir wirkl-", will Mama-Pröll zu bedenken geben, doch ich unterbreche sie: „Das ist unsere Mission! Denken Sie an den Shadow Slime!!"

Ich schaue sie an und sehe, dass Mama-Pröll auch die Abends-teuerlust gepackt hat. Jetzt mag auch Mama sich die Räume von innen angucken. Natürlich ist es nicht unser Haus, aber es steht schon so lange leer wie eine alte Burgruine. Da gehen auch Besucher rein. Und wir stören ja niemanden.

Also drücke ich die Tür noch weiter auf und trete über die Schwelle. Mit Mama im Team ist das okay.

WO IST FERDINAND?

Hoffentlich ist nicht schon jemand anderes hier und die Tür war deshalb offen", flüstert Doc mir ins Ohr.

Ich bekomme eine Gänsehaut und hoffe auch, dass wir allein sind. Wir tapsen in die Diele, schauen links und rechts in die leeren Räume. Hier und dort liegt wirklich Müll herum, also waren vielleicht tatsächlich mal Leute hier drin in all den Jahren. Vielleicht jemand, der kein Haus hat und sonst im Park schlafen müsste. Oder die „Partyspinner", wie mein Bruder immer einige aus seiner Klasse nennt, die auch schon mal eine Party auf dem Turm machen wollten, an dem wir damals die Hungerbandnuss gefunden hatten. Ja, auf dem Turm! Und beim Versuch, mit Chips und Bier da hochzuklettern, sind zwei abgestürzt und haben sich schlimm verletzt. Trotzdem machen die sowas immer noch, sagt mein Bruder. Die waren bestimmt auch mal hier, sind zu acht durchs Gebüsch, haben sich die Beine an Dornen verknotet und sind dann nur noch zu sechst hier am Haus angekommen und haben eine Party in allen Zimmern veranstaltet. Und dann haben sie ihren Müll hier liegen lassen. Jaja, das kann ich mir genau vorstellen!

Wir gelangen an die Treppe, die ins Dachgeschoss oder in den Keller führt. Ich schaue über das Geländer hinab und zucke zurück: „Uwähh, nee, Doc, also da runter gehen wir lieber nicht. Das ist ja dunkler als Papas Exbressokaffee!"

Dr. Pröll lacht: „Espresso, Mönkel! Aber du hast Recht. Das reizt mich auch nicht gerade. Nach oben würde ich aber mit Ihnen gehen!" „Gut", entgegne ich, „vielleicht finden wir da den Shadow Slime."

Damit Mama-Pröll sich nicht unwohl fühlt, nehme ich lieber mal ihre Hand. Dann steigen wir zusammen die Stufen hoch. Sie sind dreckig und nicht mehr schön, aber die Treppe ist noch gut in Schuss. Wir müssen keine Angst haben, durch eine alte Stufe zu treten und doch noch in den Keller zu fallen.

Schritt um Schritt geht es voran, bis wir oben sind. Dort stehen wir in einem langen Flur, von dem viele dunkle Türen abgehen. Manche sind geschlossen, andere offen und eine fehlt sogar.

„Wo sollen wir anfangen, Mönkel?“, werde ich gefragt. Ich schaue mich um und habe immer wieder kurz Gänsehaut. Ich glaube, das ist tatsächlich das spannendste Abends-teuer, das wir je angegangen sind. Die Wände hier oben sind rosa angepinselt, aber so dunkelrosenrosig wie Omas Stinkeseife im Bad. Man möchte eigentlich dringend mal ein Licht anknipsen, aber es gibt natürlich keine Lampen.

Bei meiner Antwort verzichte ich lieber auf „Hä?“ und eine gebrüllte Doc-Entgegnung. Sicher ist sicher. „Ich würde gerne hier in das Zimmer gehen, bei dem die Tür fehlt“, entscheide ich.

„Kluge Idee, Mönkel“, findet Dr. Pröll, „da kann uns nichts Böses überraschen ohne Tür.“

„Nichts Böses überraschen!!“, denke ich ein bisschen genervt, „Mama ist gut. Was soll uns denn auch Böses überraschen? Gibt doch keine Monster. Und was sollten Einbrecher hier? Aber wenn sie das so sagt, dann … dann hab ich doch wieder ein bisschen Bammel.“

Mein Magen grummelt. Ob er an das Baguette zu Hause denkt? Oder ob er mir zeigen will, dass er auch Angst hat, so wie mein Kopf und mein Herz? Ich fasse Mamas Hand noch etwas fester. Da fällt mir ein: „Hach, das ist gar keine Angst! Das ist Aufmerksamkeit. Agentenaufmerksamkeit!“ Ich bin halt Vollprofi.

Wir gehen eng aneinandergedrückt auf den offenen Türrahmen zu. Dahinter ist ein Badezimmer: auch alles in dunklem Rosa. Eine schmierige Badewanne, ein Klo ohne Deckel, ein Waschbecken mit zwei Kitschen, als ob jemand etwas hat drauffallen lassen. Kein Spiegel, ein kaputtes Fenster und ringsherum bis hoch zur Decke dunkelrosa Fliesen.

„Ein Omabadezimmer!“, denke ich, aber sage es nicht. Mama sagt bei sowas immer, das stimmt gar nicht. Sowas sei ein Vorurteil. Weil gar nicht alle Omas Rosa mögen. Meine Oma hat zum Beispiel einen coolen schwarz-gefliesten Badezimmerboden! Opa nennt ihn „Disko“.

Solche Gedanken kommen mir dann trotzdem manchmal. Mama hat aber recht. Es haben ja auch nicht alle Frauen Röcke an oder alle Kinder Popel unters Bett geklebt oder sowas.

Ich mag, wenn sie mir sowas sagt. Auch, wenn es sich in dem Moment kurz doof anfühlt – so als hätte ich etwas falsch gemacht oder böse gemeint. Habe ich aber gar nicht. Mama weiß das, und darum kann ich es meist gut aushalten, wenn sie mir so einen Hinweis gibt. Dann denke ich beim nächsten Mal oft etwas anders über eine Sache.

Bestimmt gibt es auch Omas, die regenbogenfarbige Bäder haben. Oder einen Superhelden auf dem Duschvorhang!

Wenn ich alt werde, ändert sich ja auch nicht automatisch meine Lieblingsfarbe von Leuchtegrün in Langweiligbeige. Da bin ich mir ganz sicher.

Aber heute kann ich mir hier trotzdem niemand anderen vorstellen als eine ganz alte Dame, die auch zu der Großfamilie gehört hat, die hier lebte. Sie hat dieses Bad bestimmt so bauen lassen. „Herr Fliesenmann“, hat sie sicher gesagt, „Sie machen mir das hier alles in einem herrlichen Rosenrosa! Wie auf den Tapeten im Flur!“ „Alles?“, hat der Fliesenmann dann gefragt, „sind Sie sicher? Wie wäre es, wenn wir hier nur ein bisschen Rosa –“ „ALLES!“, hat sie ihn dann unterbrochen. „Aber man könnte auch nur ein wenig hier am Waschbecken…“, hat er es dann nochmals versucht. Und seine Kollegin kam dazu und wollte helfen: „Und den Rest in einem schönen –“ Doch sie hatten beide keine Chance. Die alte Dame hat ihnen alle Unterlagen aus der Hand genommen und fett „ROSENROSA, ALLES“ quer über das oberste Blatt geschrieben. Und so wurde es dann auch gemacht!

Und nun sieht das Rosenrosa-Bad aus wie ein Klo am Bahnhof: dreckig, alt und kaputt. Das ist sogar für rosafarbene Fliesen traurig.

„Also das würde ich neu machen lassen, wenn wir hier einziehen würden!“, betont Mama-Pröll.

„Definitiv!“, bestätige ich und ziehe sie weiter, denn bei Rosenrosa hab ich sofort Rosenduft in der Nase, und

den kann ich nicht leiden, „mal sehen, was nebenan ist."

Der nächste Raum ist etwa drei Meter weiter. Hier ist die Tür nun verschlossen. Ich schaue zu Mama hoch, denn ich weiß nicht, ob wirklich ich die Klinke drücken soll. Da fällt mir ein, dass ich ja der Chef bin: „Doc, Ihr Job!" Ich weise so lässig, wie es mit grummligem Magen geht, zur Türklinke.

Dr. Pröll macht einen Schritt nach vorne, aber behält mich an der Hand. Sie drückt die Klinke mit der freien Hand hinunter und schiebt ganz langsam die Tür auf.

„MIAUUUUUUUUUUUUUUUUUUUU!", schießt uns ein Fellbündel entgegen, donnert gegen meine Beine und rast die Treppe hinunter. Ich erschrecke mich so dermaßen, dass ich Mama loslasse und auch zur Treppe laufe und hinunterdüse. Mama-Pröll ist hinter mir. Auf der vorletzten Stufe knicke ich um, verhaspele mich und falle. Mit meinen Händen kann ich mich abfangen, aber es tut weh, weil ich so viel Tempo hatte. Doc springt über mich drüber und bleibt unverletzt.

Aber Ferdinand rollt mir bei dem Sturz aus der Hosentasche, kullert über den Fliesenboden bis zum Treppenloch und verschwindet im Keller.
Wir hören es unten rumsen und kullern – dann ist Stille. Er ist irgendwo angekommen.

„FERDINAND!“, rufe ich entsetzt, werfe mich auf den Boden und schiebe mich zum Treppenloch, um hinunterzuschauen. Mama Pröll hockt sich neben mich und fasst an mein Bein: „Mönkel, ist alles okay?“

„NEIN! FERDINAND IST WEG!!“, brülle ich und starre sie entsetzt an. Das muss sie doch gesehen haben!

Sie lächelt und streicht mir über meine halblangen Haare, die mir seit dem Sturz ins Gesicht baumeln und vor Schweiß festkleben: „Ich weiß, aber ich meinte die Beine und Arme, nachdem Sie so gefallen sind, Mönkel!“

Ich fühle in mich hinein, drehe mich richtig zu Dr. Pröll um und setze mich langsam auf. Arme und Beine bewege ich leicht und merke, dass es nur im linken Bein etwas ziept: „Ist schon okay!“

„Kriechbaum ist aber auch ein Vieh!“, motzt Dr. Pröll jetzt, und ich verstehe endlich, was passiert ist: Die Katze von Caspar war das Fellknäuel hinter der Tür. „Er ist bestimmt durchs kaputte Fenster irgendwie da oben reingekommen, und dann haben wir ihn an der Tür erschreckt“, sagt Dr. Pröll.

„Und jetzt ist Ferdinand da unten wegen ihm!“, schimpfe ich wieder los und will gar nicht weiter erwähnen, dass der coole Mönkel kurz ein ganz kleines bisschen überreagiert hat.

„Na, dann müssen wir nun doch da runter!“, beschließt Dr. Pröll und zieht ihr Handy aus der hinteren Tasche ihrer Jeans. Sie tippt die Taschenlampenfunktion an und reicht mir ihre Hand: „Kommen Sie, Mönkel, ich gehe vor!“

HUNGER AUF SHADOW SLIME

Ich richte mich auf und steige an Mamas Hand langsam die Treppe hinunter. Es scheint auf jeder Stufe ein Grad kühler zu werden. Und die Luft riecht wie sieben Wochen Regenwetter. Mit Moos und Waldpilzen.

Irgendwann stehen wir endlich im Keller. Man sieht nichts außer auf dem Fleck, auf den Mamas Lampe gerichtet ist. Wieder dunkle Fliesen.

„Doc, leuchten Sie mal in alle Richtungen!“, befehle ich mutig und hoffe sehr, hier steht kein Zwerg, kein Riese, kein Partyspinner und keine Monsterkatze irgendwo.

Dr. Pröll leuchtet alles ab: kahle Wände, drei offene Türrahmen ohne Türen, noch mehr dunkle Fliesen überall.

Sie überlegt: „Eigentlich kann Ferdinand nur geradeaus da in den Raum gekullert sein – so wie er Ihnen aus der Tasche gefallen ist, Mönkel!“

Sie geht voran und ich bleibe eng hinter ihr. Das Licht scheint vor unseren Füßen auf den Boden.

Wir machen ganz kleine Schritte, um nicht zu stolpern oder irgendwo gegenzurennen. Mein Magengrummeln ist verflogen, mein Agentenmut zurück. Hier gibt es sicher coole Sachen zu entdecken. Nun geht es über eine kleine metallene Schwelle in

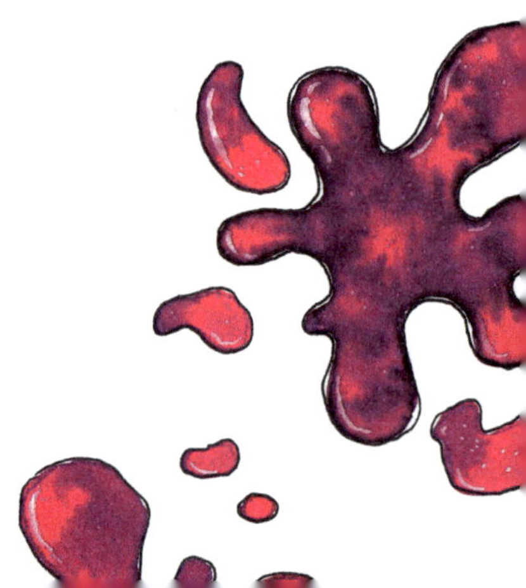

den Raum. Hier scheint nicht alles ausgeräumt worden zu sein. Das Licht fällt auf Kartons und Regalfüße. Da sehe ich ihn am Rand der beleuchteten Fläche: Ferdinand lugt unter einem der Regale hervor. Groß, rund, hell, wunderschön, immer noch heil.

„Da, Doc, da ist er!“, rufe ich und lasse ihre Hand los. Dr. Pröll richtet die Lampe genau auf mich und freut sich mit mir: „Oh wie schön, Mönkel, dann retten Sie ihn!“

Ich bücke mich und hebe Ferdinand auf. Ich finde, er ist immer noch sonnenwarm von draußen. Der kühle Keller konnte ihm nichts anhaben. Ich halte den Stein fest in meiner Hand und richte mich auf. Mamas Lichtkegel wandert mit nach oben und beleuchtet nun das ganze Regal.

„Oh, schauen Sie, Mönkel!“, ruft Mama Pröll und weist hinter mich. Aber ich drehe mich nicht sofort um, um zu gucken, was da ist.

„HÄ??“, rufe ich, glücklich und mutig mit Ferdinand in meiner Faust.

„MÖNKEL, HINTER IHNEN!“, ruft Dr. Pröll nun, „DAS GANZE REGAL IST VOLL MIT GLÄSERN!“

Ich drehe mich nun doch neugierig um: „Was denn für Gläser?“

Da sehe ich es: Das alte Holzregal ist voll mit leeren Marmeladengläsern. Einige haben noch Deckel, viele nicht. Auf manchen sind Etiketten, auf anderen nur noch Klebereste. Einige der Etiketten sind beschriftet. Die Farbe ist überall sehr blass, aber manches kann man noch entziffern.

Dr. Pröll steht jetzt neben mir und wir suchen beide nach erkennbaren Wörtern auf den Glaskleberchen.

„Hier, das muss ‚strawberry' heißen!", liest Dr. Pröll begeistert vor, „da war sicher wirklich mal überall Marmelade drin."

„Ja, bei mir steht das gleiche, denke ich", sage ich und wische mit einem Finger über die eingestaubte Sauklaue, „aber auf meinem steht noch eine Zahl hinter dem Wort."

„Lassen Sie mal sehen, Mönkel", meint Dr. Pröll und beugt sich zu mir, „hmm, das könnte 2009 heißen. Oder 2000."

„Seit wann steht das Haus denn leer?", frage ich.

„Oh, ich denke, vielleicht seit 2011?", überlegt meine Assistentin und fährt mit der Hand weiter die Glasreihen ab.

„Komisch, dass die Leute beim Auszug die Gläser nicht mitgenommen haben", sage ich, „wir benutzen unsere doch jedes Jahr wieder zum Marmeladema-chen."

„Vielleicht war der Umzugswagen schon voll?", grübelt Dr. Pröll, „dann würde ich auch eher alte Gläser zurücklassen als ein Sofa oder so."

„Stimmt!", gebe ich ihr Recht, und dann entdecke ich etwas in der hinteren Glasreihe, „oh, Doc, da ist was. Moment mal!"

Ich stecke Ferdinand wieder in die Hosentasche, extra fest und tief. Dann habe ich die Hände frei und kann leere Gläser aus dem Regal nehmen, um an die hintere Reihe zu kommen. Ich bücke mich und stelle sie nacheinander auf den Boden, während Dr. Pröll für mich die Beleuchtung regelt.

Da ist es! Ich ziehe es aus dem Regal und halte es Dr. Pröll ins Licht: „Da ist noch was drin!!“

„Tatsächlich!“, entgegnet sie begeistert, „das ist ja toll!“

Sie wischt den Staub vom Etikett und liest vor: „Raspberry 2009“

„Was ist das?“, frage ich, „Himbeere, oder?“

„Ja!“, antwortet Dr. Pröll entzückt, hält dann aber inne, nimmt mir das Glas aus der Hand und kippt es im Licht des Handys leicht von links nach rechts. Der Inhalt wabbelt dunkel ein bisschen hin und her.

„MÖNKEL!“, ruft sie plötzlich, „Ferdinand hatte so Recht! Er ist wirklich eine großartige Hilfe!“

„Hä?“, frage ich in normaler Lautstärke, denn ich habe genau verstanden, was Mama gesagt hat, aber ich habe überhaupt nicht verstanden, was Mama gemeint hat.

„Na, Ferdinand war sich doch sicher“, erklärt Mama-Pröll nun, „dass wir hier ins Haus müssen, um den Shadow Slime zu finden! Und hier ist er!!“
Sie grinst das Marmeladenglas an, als wäre es ein Goldschatz im Wert von dreiundfünzig Millionen Euro. Ungefähr. Ich grinse mit. Wie toll ist das denn!?

Genau in diesem Moment meldet sich mein Magen wieder. Jetzt bin ich sicher, das ist Hungergrummeln und nicht Angstrumpeln. Da fällt mir das Baguette wieder ein, das zu Hause auf uns wartet und schon so lange abkühlen konnte, dass es bestimmt schon fast wieder zu kalt zum Essen ist. Oder – oje, und das wäre noch viel schlimmer – mein Bruder hat es in der Zwischenzeit entdeckt! Ich spüre dringendes Eilegefühl in meinen Beinen und meinem Bauch.

„Wir müssen den Slime schnell nach Hause bringen!“, entscheide ich und habe auch eine gute Begründung: „London wartet sicher schon!“

Mama gibt mir die Marmelade zurück, damit sie eine Hand für mich und eine für das Handylicht frei hat, und wir steigen zurück nach oben und ins Freie. Vorm Haus sitzt Kriechbaum und guckt uns unschuldig an, so als wäre er nie im Gebäude gewesen.

Mama macht die Taschenlampe des Handys aus und steckt es zurück in ihre Hose. Ich zwinkere Kriechbaum zu, halte die Marmelade hoch und flüstere: „Ohne dich wären wir nie in den Keller gegangen!“

Er scheint mich zu verstehen, steht auf und verlässt zufrieden den überwucherten Hof in Richtung Gebüsch.

„Okay, Mönkel“, sagt Mama-Pröll jetzt, „zurück durch den Dschungel!“

Wir suchen einen Einstieg ins Grüne und machen uns als Entenaffenschnecken auf den Rückweg. Dabei fällt mir eine Frage ein, ich lasse das Agentenspiel und stelle sie: „Mama, meinst du, man kann die Marmelade noch essen?“

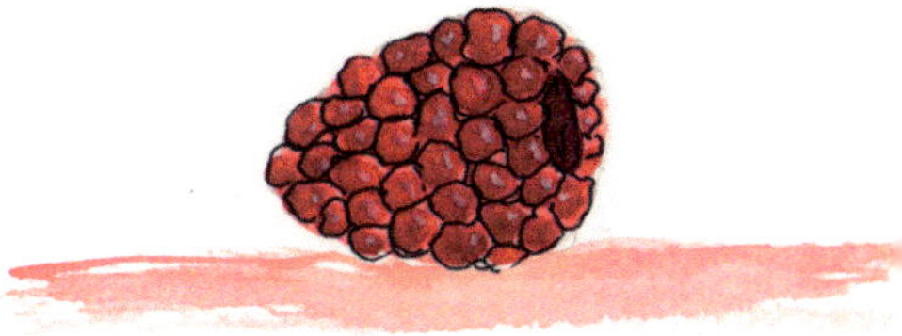

„Ich habe keine Ahnung“, gibt sie zu, „aber wenn sie richtig eingekocht und sauber verschlossen wurde, könnte es sein. Sie sieht ja nicht nach Schimmel aus.“

Ich halte an und schaue ins Marmeladenglas, so gut es unter dem Blätterdach hier geht. Nein, sie sieht wirklich noch gut aus. Himbeermarmeladenrot nicht so ganz, etwas dunkler, aber nicht unappetitlich. Da fällt mir auf, dass die Farbe ein bisschen wie die rosenrosa Fliesen aussieht, und ich mag den Gedanken, dass die alte Dame beim Fliesenmann vielleicht gar nicht „ROSENROSA, ALLES“ geschrieben hat, sondern womöglich „ALTHIMBEERROT, ALLES“. Dann könnte das Bad doch so bleiben. Himbeeren riechen für mich auch viel besser als Rosen.

Mama zieht mich weiter: „Langsam habe ich auch Baguettehunger. Und zu Hause machen wir das Glas einfach auf und riechen mal dran.“

„AU JA!“, rufe ich, „und wenn wir nach dem Essen nicht sterben, ziehen wir nächsten Sonntag wieder los.“

Mama blickt zurück zu mir und lächelt: „Na klar!“

Ich fasse in meine Hosentasche. Der Stein ist noch da. „Und Ferdinand kommt mit!“, denke ich.

Was machen wir wohl nächsten Sonntag?

DIE MACHERINNEN

INKE HUMMEL – AUTORIN

Inke Hummel lebt mit ihrer fünfköpfigen Familie in Bonn.

Sie arbeitet als Pädagogin und Autorin. Aus ihrer Feder stammen Elternratgeber, Schulungsmaterialien und Kinderbücher.

Die Mönkel-Reihe entstand für ihren jüngsten Sohn.

Foto: Jens Unglaube, Bad Honnef

Mehr unter *www.inkehummel.de*

FRANZISKA KARAGÜR – ILLUSTRATORIN

Foto: Maria Herzog, Greifswald, herzogfotografie.de

Franziska Karagür lebt mit ihrem Mann und drei Kindern in Berlin.

2015 hat sie mit Handlettering begonnen und darüber zum Aquarellieren gefunden – und sich in diese Kunst verliebt.

Ein Kinderbuch zu illustrieren, hätte sie sich nie getraut, aber zum Glück hat Inke sie gefragt.

Mehr unter
www.instagram.com/einfachklein

Inke Hummel und Franziska Karagür kennen sich dank des Vereins Bindungs(t)räume, in dem sie mit vielen anderen zusammen daran arbeiten, dass Eltern-Kind-Bindungen gut funktionieren.

Mehr unter *www.bindungstraeume.de*

DANKSAGUNG

Ich danke Christian Wobst und Franziska Karagür dafür, dass sie sich mit mir auf den Mönkel-Weg gemacht haben. Und ich bin überwältigt von all den kleinen und großen Leserinnen und Lesern, die mich wissen lassen, wie sehr sie den Mönkel mögen, und die im Netz unter #mönkeln zeigen, was für ein Vergnügen „Abends-teuertouren" sein können.

Inke

Danke liebe Inke, für deine Geduld und euphorischen Rückmeldungen.
Es macht solchen Spaß, mit dir Kinderbücher zu gestalten!
Und Danke an meine tollsten und größten Fans – meine Kinder, die jedes neue Bild abfeiern und mir so viel Mut schenken. Ich liebe euch.

Franziska

Mut, Stärke, Begeisterung, Liebe – dieses Buch ist für Nat.